W0238018

Maria Müller-Gögler

Weihnachtszeit damals in Oberschwaben

Gedichte und Geschichten

Mit Bildern von
Maria Caspar-Filser

Herausgegeben von
Gisela Linder

VERLAG
ROBERT
GESSLER

© Copyright für diese Ausgabe 1999 by
Verlag Robert Gessler Friedrichshafen.
Alle Rechte vorbehalten.

© Copyright für die einzelnen Texte bei den Erben von
Maria Müller-Gögler.
Gedichte Seite 10, 11, 20, 26, 47, 57, 65, 78, 87, 88 aus:
Maria Müller-Gögler, Werkausgabe in neun Bänden
mit einem Beiheft.
Band 6: Gedichte, Jan Thorbecke Verlag, Sigmaringen, 1980
„Großvaters letzte Reise", ebda, Band 5: Erzählungen,
übrige Texte unveröffentlicht aus dem Nachlass.
Wir danken dem Thorbecke Verlag für die
freundliche Überlassung der Texte.

© Copyright für die Bilder: Köster/VG Bild-Kunst, Bonn 1999
Umschlaggestaltung unter Verwendung des Bildes
»Felizitas (unterm Christbaum)« von Maria Caspar-Filser.

Satz und Druck: Robert Gessler, Friedrichshafen
Bindearbeiten: MBB Moser, Ravensburg-Schmalegg

ISBN 3-86136-044-6

Inhalt

9 Wintermond, *Bild*
10 Gabriel, *Gedicht*
11 Wintermond, *Gedicht*
12 Christbäume, *Geschichte*
20 Erste Schneeflocke, *Gedicht*
21 Tauschnee - Trüber Tag, *Bild*
22 Dämmerung im Winterwald, *Gedicht*
23 Krippenfiguren, *Geschichte*
26 Warten im Winter, *Gedicht*
27 Das tapfere Lied, *Geschichte*
33 Großvaters letzte Reise, *Geschichte*
37 Weihnachtliches Stilleben, *Bild*
42 Marianne schenkt Licht, *Geschichte*
47 Heiliger Abend, *Gedicht*
48 Uns ist ein Kind geboren, *Geschichte*
49 Weihnacht, *Bild*
54 Das Christbaumglöckchen, *Geschichte*
57 Winterabend, *Gedicht*
58 Mutter Reichlins Eigensinn, *Geschichte*

61 Felizitas unterm Christbaum, *Bild*
65 Dezemberabend, *Gedicht*
66 Das gerettete Christkind, *Geschichte*
73 Weihnachten, *Bild*
78 Weihnachtlicher Brief, *Gedicht*
80 Krippe im Schnee, *Geschichte*
87 Neujahr, *Gedicht*
88 Winters am Fenster, *Gedicht*
89 Dreikönig im Inntal, *Bild*

Anhang

90 Biografie Maria Müller-Gögler
95 Biografie Maria Caspar-Filser

Zum 100. Geburtstag
von Maria Müller-Gögler

Wintermond, 1952

Gabriel

Ein Brausen vor dem Haus. Ein Sturm. Ein Stoß.
Aufspringt die Tür. »Was wird mit mir geschehen?«
Erschrocken, und ergeben in ihr Los,
lässt sie sich von dem Fremden überwehen.

Blickt zögernd auf, um, lilienweiß und groß
den Engel über sich zu sehen,
vernimmt sein Wort und glaubt: Aus ihrem Schoß
wird der Erlöser einer Welt erstehen.

Erblickt das Kreuz. Mit ungemessenen Qualen
wird einst ihr Sohn der Menschen Schuld
bezahlen.
Sie schaudert, doch sie spricht: »Ich bin bereit,

und mir geschehe so, wie du gesagt«.
Der Engel spricht: »Sei, gnadenvolle Magd,
mit deines Leibes Frucht gebenedeit.«

Wintermond

Schwarzer Bach und grauer Wald.
Überm Wasser weht es kalt,
dünner Schnee bedeckt das Feld,
Kälte haucht die ganze Welt.

Ein Altartuch rein und kühl
überzieht den kahlen Bühl,
schmale Fichten stehen steif
wie zwei Kerzen, hell vom Reif.

Einer großen Hostie gleich
schwebt der Mond. Und überreich
rinnt sein Silber erdenwärts,
wie die Gnade in das Herz.

Christbäume

Der Scheuerle Sepp hatte ein kleines Gütle. Das trug nicht viel ein. Und wo er noch etwas dazu verdienen konnte, da tat er's. Er war ein fleißiger und umsichtiger Mann, wer wollte das leugnen. Nun waren an der Bärenhalde Christbäume geschlagen worden, und der Scheuerle Sepp kauft den Schlag. Wacker zieht er den großen Handschlitten durch den Schnee, und sein Weib samt dem halbwüchsigen Buben schieben tüchtig. Bequemer wäre es, einen Gaul zu haben und einen größeren Schlitten dazu, aber der Scheuerle Sepp weiß keinen, der gerne ein Fuhrwerk leihen würde, und wenn er das Fuhrwerk bezahlen müsste, so bliebe nicht mehr viel Gewinn vom Verkauf der Bäume. So wird's eben ein paar Fuhren geben – den Berg hinauf und wieder hinab. Und statt eines Gauls spannt er sich selber vor.

Es ist ganz still im Wald. Wenn der Schlitten die Zweige der Fichten streift, rieselt Schnee zu Boden. Der grauweiße Himmel hängt so tief, als ruhe er auf den Baumspitzen.

Der Scheuerle Sepp ist in Gedanken versunken. Zum so und so vielten Mal rechnet er aus, wieviel er im günstigsten Fall an den Bäumen verdienen kann. Ja, es gäbe schon ein Mittel, die Summe nach oben ein wenig aufzurunden. Schließlich hat noch kein Mensch gezählt, wie viele Bäume im Wald stehen. Und der Staat wird weder reich noch arm von ein paar Christbäumen mehr oder weniger.

»Wozu hast die Säge mitgenommen?« fragt das Weib. »Die Bäum sind doch geschlagen.«

»Dumms Gefrag, 's wird schon an dem einen oder andern noch was zu richten geben.«

»Ach, so!«

Sie sind am Ziel. Der Scheuerle Sepp zeigt den Seinen den Platz, wo sie ins Dickicht schlüpfen und die Bäume auf den Weg herausziehen sollen. Eine leichte Arbeit ist das nicht. Man muss sich den Schal fest umbinden, wenn man in den Fichtenbestand hineinkriecht. Sonst rutscht einem der Schnee von den Zweigen in den Kragen und den Rücken hinunter. Gruselig kalt ist das! Die Mutter hat das Kopftuch übergebunden, sonst kriegt sie nachher die Tannennadeln nicht mehr aus ihrem krausen Haar. Ulf, der Bub, bekommt rote Wangen. Er ist ehrgeizig, will recht viele Bäume herausholen und legt sie auf einen besonderen Platz, damit der Vater nachher auch sieht, wieviel er gearbeitet hat.

»Wo ist er denn, der Vater?« fragt Ulf nach einer Weile.

»Ich weiß nicht. Er wird noch tiefer hineingegangen sein ins Dickicht;« sagt die Mutter. Plötzlich hält sie mit der Arbeit inne und horchst. Da hört sie aus dem Dickicht die Säge.

Wenn Sepp die Bäume zurechtsägen will, so tut er das doch besser hier draußen auf dem Waldweg. Ein Verdacht überfällt sie.

»Ich muss doch einmal nach dem Vater schauen«, sagt sie. »Bleib du mittlerweile beim Schlitten. Kannst ja anfangen aufzuladen, Ulf.«

Sie bahnt sich einen Weg dorthin, wo sie das Geräusch der Säge gehört hat. Fichtenzweige zerkratzen ihr Gesicht, und Schnee liegt nass auf ihren Schultern. Aber das kümmert sie nicht.

O Gott! Jetzt sieht sie den Sepp. Er ist gerade dabei, eine schöne, kerngesunde junge Fichte abzusägen.

»Ja Sepp, was tust denn?«

»Siehst es ja.«

»Das ist doch verboten, Sepp«, sagt sie mit gedämpfter Stimme.

»Verboten! Quatsch. Als ob ein Mensch das merkt.«

»Ob's einer merkt oder nicht ist einerlei, Sepp. Gestohlen ist es allemal.«

»Hör auf. Lauter Krüppelzeug haben sie mir verkauft. Damit werd ich ein großes Geschäft machen! Meinst? Nein, nein. Ein paar schöne Bäum muss ich noch dazu haben. Die bringen was ein.«

»Red nicht so laut. Soll's am End der Bub merken? Ach Sepp! Die schönen gesunden Bäum, die sollen doch weiter wachsen. Man darf sich doch nicht am Wald versündigen. Die Forstverwaltung hat schon die Bäum schlagen lassen, die man entbehren kann.«

»Jetzt lass mich in Ruh. Machst ein Aufheben wegen den paar lumpigen Bäum.«

»Ja. Wegen den lumpigen Bäum willst deinen ehrlichen Namen verlieren. Mit Stolz haben wir ihn bis jetzt getragen, den Namen Scheuerle. Aber wenn du stiehlst ...«

Plötzlich fängt die Frau zu weinen an. »Jetzt grad vor Weihnachten soll das über uns kommen, dass unser Vater ein Dieb wird, ein Dieb ...« Sie schluchzt und schluchzt und wischt mit dem Ärmel die Tränen vom Gesicht.

»Vater, Mutter!« ruft von draußen der Bub.

»Ja, ja. Wir kommen schon. Der meint, wir gehen ihm verloren«, versucht der Sepp zu lachen.

»Du gehst ihm auch verloren, wenn du das tust.« Sie weist auf den halb abgesägten

Baum. »Nimmer in die Augen gucken kannst du deinen Kindern.«

Der Scheuerle Sepp sägt weiter. »Der eine wenigstens, der muss mit.« Die Frau umklammert seinen Arm. »Nein, kein unrecht Gut geht mit uns. Da kommt es nicht darauf an, ob es viel oder wenig ist. Ehrlich ist ehrlich. Und ein Dieb ist ein Dieb.«

»Dann kannst auf dein Weihnachtsgeschenk verzichten« tut der Mann brummig, setzt aber die Säge ab.

»Gern verzicht ich. Gern, wenn du ein ehrlicher Mann bleibst, Sepp.«

»Wo seid ihr denn so lang gewesen?« fragt der Bub.

»Ach weißt, das war eine harte Arbeit da drinnen«, sagt mit einem Seitenblick zu ihrem Sepp die Mutter. Aber nun ist's geschafft.«

Schon dämmert es und sie treten mit ihrem Schlitten den Heimweg an. Unterwegs begegnet ihnen der Förster. Er lässt anhalten und begutachtet die abgehauenen Baumstämme. »Gut«, sagt er schließlich, und sie fahren weiter.

»Warum hat der Förster unsere Bäume so genau angeschaut«, will der Bub wissen.

»Das erzählen wir dir ein andermal.«

Am Weihnachtsabend, als in der kleinen Stube die Kerzen am Bäumlein angezündet sind, erzählt Ulf den jüngeren Geschwistern, wie er dem Vater und der Mutter im Wald geholfen habe. Dabei fällt ihm wieder der Förster ein. »Du, Mutter! Sagst mir's jetzt, warum uns der Förster mit unserem Christbaumschlitten angehalten hat?«

»O, weißt Ulfle«, erwidert die Mutter, der hat vielleicht gemeint, der Vater habe zu den gekauften Bäumen noch andere heimlich abgesägt.«

»Das wär ja gestohlen, Mutter.«

»Freilich wär das gestohlen.«

Da färbt sich Ulfs Gesicht dunkelrot. Entrüstung flammt in seinen Augen. Er reckt sich, steht da, als wolle er mit jemandem abrechnen.»Und so was Schlechts denkt *der* von unserm Vatter?!«

Die Flämmchen am Christbaum zittern. Würziger Tannenduft füllt die Stube. Der

Scheuerle Sepp meidet den Blick seines Weibes, kaut verlegen an seinem Bart. Dann geht er plötzlich zu seinem Ältesten, fährt ihm scheu und rasch übers Haar. Der ist verwundert über die ungewohnte Zärtlichkeit. Glücklich schaut der Bub in den Lichterglanz und denkt, so schön war es am Weihnachtsabend noch nie.

Erste Schneeflocke

Tief, tiefer noch hinein ins graue Schweigen,
wo dünner Nebel webt von Stamm zu Stamm,
und Einsamkeit sich birgt in schwarzen
Zweigen, –
am Wege modert schwarzes Laub im Schlamm.
Der Himmel, den die Fichtenwipfel tragen,
sinkt schwer und schwerer auf das arme Land.
Nicht Stadt, nicht Dorf. Ein Hund bellt fern,
wie fern!
Und nirgends Trost. Da schwebt – aus welcher
Hand? –
lautlos auf meinen dunklen Mantelkragen
aus Traum und Licht ein weißer Wunderstern.

Tauschnee – Trüber Tag, 1931

Dämmerung im Winterwald

O Schweigen, Schweigen auf verschneiten
Wegen.
Im Weißen, Weichen lautlos schlurft der Schritt.
Die schwarzen Stämme scheinen sich zu regen,
sie rücken in der Dämmerung mit.

Die kleinen Tannen in der Pelzmantille
vergraben sich ins kühle, weiße Moos.
Wald ohne Ende, welterlöste Stille,
an jeder Biegung fremd und groß.

Die Rehe schlafen, Vogelruf verstummte,
im dunkeln Grunde nur der Kauz wird wach.
Kaum atmet noch der Wald, der tiefvermummte.
Ein Stern sticht blank durchs Himmelsdach.

Krippenfiguren

Sein Anwesen lag am Rand des Dorfes. Vor zwei Jahren hatte er die Lisbeth heimgeführt, und das Leben war schön gewesen mit ihr. Doch heute morgen, einen Tag vor Weihnachten, gerieten sie um einer Kleinigkeit willen zum ersten Mal in Streit und sagten sich bitterböse Worte. Er war froh, einen Anlass zu haben, das Haus zu verlassen und seinen Groll fortzutragen. Bei einem Bildschnitzer im Nachbardorf hatte er Krippenfiguren bestellt und war über der Arbeit in Haus und Hof noch nicht dazugekommen, sie abzuholen. Mit weiten Schritten ging er hügelwärts. Der Zorn trieb ihn voran. Droben trat er in den winterlichen Wald. Auf dem stillen Weg sänftigte sich allmählich der Aufruhr in seinem Innern. Die dunkeln Fichten blieben hinter ihm: in der Talmulde lag ein Einödhof in friedlicher Abgeschiedenheit. Als der Mann das Tal durchschritten hatte und wieder bergan ging, fasste ihn heftig der Wind. Wie wechselte doch in diesem Landstrich Anmutiges mit Herbem und Schwerem! Wieder düstere Fichten, ein unheimlicher Tobel, ein schwermütiges Ried, ein versonnener Weiher, dann das freundliche Dorf. Der Bildschnitzer reichte ihm seine Krippenfiguren: die Schafe, die Hirten und die sanfte Mutter Gottes. Stumm besah sie der Käufer. Hatte er nicht zuweilen, wenn Lisbeth das Gesicht über ihr Kind neigte, etwas ebenso Inniges und Schönes in sie hineingesehen, wie es nun in seiner Hand die Heilige Maria ausstrahlte? Jetzt hob ihm der Bildschnitzer den Heiligen Josef entgegen, den gütigen, treuen Beschützer der Heiligen Familie. Im selben Augenblick trat dessen Frau in die Werkstatt und ließ aus Versehen die Tür offenstehen. Da schalt er sie deswegen mit rauhen Worten, fluchte. Auch er war also noch weit weg von Güte und Sanftmut, um die er doch wusste. Sonst hätten sie nicht in seinen geschnitzten Gestalten leben können. Nachdenklich machte sich der Mann auf den Heimweg.

Wie gut die Menschen doch wissen, was ihnen anstünde, und wie wenig sie danach handeln!

Wieder ging es hinauf und hinab, und hinauf, durch finstere Einsamkeit zur vertrauten Stätte.

Im Menschenleben ist's nicht anders. Man muss dafür sorgen, dass man nicht an den bösen dunklen Orten verweilt, dass man wieder heimkommt ins Licht, in den Frieden, so sinnierte der Bauer vor sich hin. Die Nacht sank herein, als er sich seinem Hof näherte. Er sah aus einiger Entfernung, wie seine Frau das Fenster öffnete, um nach ihm Ausschau zu halten. Da schwand der letzte Rest seines Grolls. Als er in die Stube trat, hatte Lisbeth die Lichter am Baum angezündet und das Kind aus dem Bettchen geholt. Schweigend, den Kopf zum Kind geneigt, wartete sie auf ein erstes Wort. Er packte die Krippenfiguren aus und stellte sie behutsam unter den Baum. Ihm war, als käme aus ihnen eine Kraft, so zu sein wie Josef zu Maria war. Er legte Lisbeth die Hand auf die Schulter und sagte: »Lass Weihnachten werden!«

Warten im Winter

Es raucht der Fluss,
die Krähen schrein.
Du bist noch draußen und allein,
die weißen Flocken schwärmen.

Wie friert der Baum
im öden Feld!
Die Farbe starb. Starr liegt die Welt.
Wer wird dich draußen wärmen?

In meinem Herd
ist rote Glut.
Ein Apfel singt. Die Stille lud
sich ein mit blauen Schwingen.

Wer hält dich dort
in Frost und Eis?
Ich bleibe wach, die Nacht ist weiß.
Wird dich der Morgen bringen?

Das tapfere Lied

Es war Krieg. Zuerst zählte man seine Dauer nach Wochen, dann nach Monaten, schließlich nach Jahren. Auch in dem abgelegenen, stillen Dorf, das viele Wegstunden von der nächsten Eisenbahnstation entfernt lag, hatte der Krieg Spuren hinterlassen: zwei Reihen Birkenkreuze, mit den Namen der Gefallenen, und als auf dem ummauerten kleinen Friedhof mit der dritten Reihe begonnen wurde, war noch immer kein Ende des Sterbens abzusehen.

Sonst ging das Leben den gewohnten Gang, wie Natur und Jahreszeiten es vorgaben: Im Frühling hatte es üppig geblüht, der Sommer war voll Glanz, der Herbst nicht karg und dann fielen die Schneeflocken sanft und leise, ein friedliches Bild. Es war am letzten Adventssonntag vor dem Heiligen Abend. Niemand hätte sich gewundert, wenn die lange Dorfstraße menschenleer geblieben wäre. Denn die Frauen und Mädchen waren mit häuslichen Weihnachtsvorbereitungen beschäftigt und mit mancherlei Heimlichkeiten. Die Männer saßen an solchen Tagen gern daheim am warmen Ofen oder stopften sich die Pfeife. Heute aber traten Männer und Buben im dunklen Festtagsanzug aus den Haustüren und im bunten Sonntagsstaat folgten ihnen die Mädchen.

Alle strebten dem Schulhaus zu, wo sich die Straße zum Platz weitet. Dort unter der Linde sammelten sie sich. Die Kinder waren voll Ungeduld und Unruhe bis auch sie endlich zur Gruppe geordnet standen. Eine Girlande aus Tannengrün schmückte die Türe des Schulhauses. Es war ein Geflüster unter den Wartenden, und ein ums andere Mal wurde der Name des jungen Lehrers genannt, der nach schwerer Kriegsverwundung und langem Krankenlager aus dem Lazarett zu ihnen heimkehren wollte, um mit ihnen Weihnachten zu feiern. Sie wussten, dass er keine andere Heimat hatte als ihr Dorf, es sei denn, er hätte das Waisenhaus, in dem er aufgewachsen war, als Heimat angegeben. Er hatte sich einst an ihre Schule gemeldet, die andere wie eine Strafe mieden, weil das Dorf so weit ablag von all dem, was andere junge Leute für wichtig hielten im Leben. Und weil er freiwillig zu ihnen gekommen war und weil ihm nichts mehr am Herzen lag als das Dorf und seine Schule, darum liebten sie ihn als einen der Ihren.

Der Bürgermeister war mit dem Pferdeschlitten nach dem Gottesdienst zur Bahnstation gefahren, um ihn abzuholen. Keiner wusste, was für eine Verwundung der junge Lehrer erlitten hatte, aber selbst, wenn sie ihn als Gesunden erwartet hätten, wären wollene Decken, ein Wärmekrug und ein Fläschchen Obstwasser auf den Schlitten gepackt worden, damit der Ankömmling doch ja nicht friere. Da die Kinder, seit er im Krieg war, in Nachbardörfern zur Schule gehen mussten, sehnten sie sich noch mehr nach seiner Rückkehr, und der alten Witwe, die ihn ehedem mütterlich betreut hatte, ging es kaum anders, denn es hatte ihr Freude gemacht, ihn zu umsorgen, die Miete war ihr nicht so wichtig.

Vom Wald her war ein fernes, feines Geklingel zu hören. »Sie kommen.« Die Spannung auf dem Dorfplatz wuchs. In allen war das Bild des jungen Lehrers lebendig geblieben: schlank, groß, mit schmalem Gesicht, blondem Haar und leuchtenden Augen. Die Schulkinder wollten zum Empfang ein altes Weihnachtslied singen, das der Lehrer sie gelehrt hatte. Ein Mädchen der obersten Klasse hatte mit ihnen geübt. Es stand mit hochroten Wangen und feierlicher Miene den ernsten Kindergesichtern gegenüber und seine Hand, die den Taktstock führen sollte, zitterte ein bisschen. Das Schellengeläut hüpfte näher und näher, der Schlitten glitt in die Gasse, die zwischen dem Schulhaus und den Wartenden ausgespart war. Die Dirigentin, die mit dem Rücken zum Schlitten stand, hob den Stab. Aber nur ein scheuer Laut kam aus dem Mund eines einzigen kleinen Buben, heiser und angstvoll wie ein Vogelschrei.

Stumm standen die Männer und die Kinder, starrten mit weit aufgerissenen Augen auf den Mann, dem der Bürgermeister mühsam aus dem Schlitten half. Bisher hatten sie im Dorf den Krieg nur vom Hörensagen gekannt, jetzt erschraken sie, was er aus dem jungen Lehrer gemacht hatte: sein Haar war fahl und grau, sein Blick fremd, aus der eingesunkenen Augenhöhle starrte ein Glasauge, eine blaurote Narbe lief senkrecht über die rechte Wange, hatte das Ebenmaß des Gesichts zerstört. Und als er nun, auf seine Krücken gestützt, im Schnee stand, erkannte ein Veteran des Ersten Weltkriegs, dass sich der junge Lehrer auf Prothesen aufrecht hielt. Beklemmendes Schweigen lastete auf dem Dorfplatz. Das heile Auge des Lehrers wandte sich den Kindern zu und ein Leuchten ging über sein zerschundenes Gesicht. »Warum singt ihr nicht?« fragte er mit warmer Stimme, die allen noch vertraut war. Sie war voll Güte wie ehedem.

Langsam ging er an seinen Krücken zu dem stummen Chor, schwang flink, als sei das die selbstverständlichste Bewegung der Welt, die rechte Krücke unter die linke Achselhöhle und nahm dem Mädchen behutsam den Taktstock aus der Hand, hob ihn, zählte leise zwei ... drei ..., da klang es auf aus hundert Kinderkehlen das alte Lied von der Weihnacht, dem Stern von Bethlehem, dem Licht der Hoffnung auf Frieden, als müsse dieses Licht hineinstrahlen in jedes Haus, in dem Menschen über dem Leid des Krieges fast vergessen hätten, Weihnachtskerzen anzuzünden – als müsse dieses Licht Zuversicht und neuen Lebensmut in verzagten Seelen wecken. Auch die Männer des Dorfes konnten nicht mehr in sich verschließen, was sie empfanden, und fielen mit ihren starken, tiefen Stimmen ein in das tapfere Lied der Kinder. Es begann zu dämmern, als die letzten Klänge verweht waren. Aber hinter den Dächern war am Winterhimmel im Abendrot ein großes goldenes Tor weit aufgetan. Alle umringten den Heimgekehrten und gaben ihm stumm die Hand. Jetzt kamen auch die Frauen, warm vermummt, aus den Häusern, um ihn willkommen zu heißen.

Großvaters letzte Reise

Zum alten Dennenhofer kam ein paar Tage vor Weihnachten ein Brief. Er suchte unter dem Wirrwarr, der seine einsame Stube füllte, die Brille hervor, setzte sie auf und hielt das Schreiben mit zittrigen Fingern so nahe vor das Gesicht, dass er beim Lesen mit der Nasenspitze ein paar Mal daran stieß. Was die Jungen für Gedanken im Kopf hatten! Ob er am Heiligen Abend zu ihnen kommen wolle, schrieb die jüngste Tochter. Das müsste dann ein schönes Christfest werden, so schön wie noch nie. Alles hätten sie sich schon haarklein ausgedacht; jeden Abend sprächen sie und der Mann davon. Längst werde er ja wohl Verlangen tragen, ihren Buben, den jüngsten Enkel, auf dem Arm zu halten. Akkurat sei das Büblein dem Großvater ähnlich, wie aus dem Gesicht geschnitten. Er möge nur kommen und sehen. Nach seiner Stube werde er wohl kein Heimweh kriegen, und um die Geiß könne sich die Nachbarin kümmern. Mit gleicher Post gehe ein Geldstück ab für Fahrt und Zehrung. Er möge sie nicht zu knapp bemessen und sich wohl etwas gönnen.

Sie war immer ein braves Mädchen gewesen, seine Tochter Babette. Jeder musste es ihr gönnen, dass sie ein rechtes Mannsbild erwischt und ein warmes Nest, nicht weit vom Bodensee, gefunden hatte. Und mit ihrem Vater hatte sie's zu allen Zeiten besonders gut verstanden. Es wurde dem zittrigen Dennenhofer ganz eigen ums Herz, und er spürte ein Ziehen in den Beinen, als könnten sie's schon nimmer erwarten, bis sie sich auf den Weg machen durften zur Stadt, wo die nächste Bahnstation lag. Sehr früh stand der alte Mann auf und suchte unter seinem armseligen Staat die besten Stücke für die Reise aus. Was er lange nimmer getan hatte: Er holte den Spiegelscherben aus dem Winkel und prüfte sein Äußeres, ehe er das niedrige Häuslein verließ. Ja, du lieber Herrgott, man war halt nimmer der Jüngste, der Scherben bestätigte es mit unerbittlicher Offenheit. Aber es kam darum keine Traurigkeit in des Dennenhofers zufriedene Seele. So war das nun einmal der Welt Lauf, andere waren jetzt dafür jung und lustig, so jung und lustig, wie man selbst einmal gewesen war.

Über diese Dinge dachte er noch nach, als er schon auf dem holprigen Weg zwischen Äckern und Wiesen der Stadt zustrebte. Und wie es so seine Gewohnheit war, sprach er die Gedanken auch aus, murmelte sie in seinen Bart hinein und merkte nicht, wie ein halbwüchsiger Bursche, der ihm begegnete, wegen des Selbstgesprächs hinter ihm drein lachte. Es war kalt und nebelig, aber das focht den alten Dennenhofer nicht an. Er war das Draußensein gewöhnt. Nicht ganz geheuer war es ihm dagegen zuerst in der Stadt, wo die Wagen mit glühenden Augen durch den Nebel glitten und wo die Unruhe den alten Mann aus dem Gleichgewicht bringen wollte.

»Rüebig jetzt e bissele!« sagte er ein paar Mal laut, während er die Hauptstraße hinaufging. Es mochte ihm scheinen, er habe einen

Haufen ungebärdiger, zappeliger Kinder um sich, aber niemand kehrte sich an seine Worte, und so fügte er sich kopfschüttelnd in das Unabänderliche.

Bald zogen ihn die Weihnachtsauslagen der großen Ladengeschäfte in ihren Bann. Er stand mit offenem Munde da und bestaunte die vielen bunten Dinge, verzauberter als all die Kinder, denen man es anmerkte, dass ihnen der Anblick dieser Pracht schon alltäglich geworden war. Über die Maßen gefiel ihm ein kleiner Weihnachtsmann – er nannte ihn bei sich einen Klosen –, der einen schönen roten Mantel trug. Seine Kapuze war mit einem weißen Pelzlein verbrämt, und aus seinen Taschen drohte hüben eine Rute, und drüben guckten ein paar winzige Puppenköpflein aus farbigem Zucker hervor. Vor dem Nikolaus stand ein Sack, der war gefüllt mit leckeren Süßigkeiten. Ein Preistäfelchen verriet, dass man den Klosen samt dem Sack kaufen konnte. Der Dennenhofer dachte an das Enkelkind. Es mochte jetzt ein Büblein von knapp einem Jahr sein, das wohl mit

Weihnachtliches Stilleben, 1932

einem Nikolaus noch nicht viel anzufangen wusste. Aber solcherlei Bedenken lagen dem Dennenhofer fern. Er gab sich ganz dem Wunsche hin, das Enkelbüblein mit dem schönen Klosen zu erfreuen, und wurde dabei vor dem Schaufenster schier selber zum Kind. Schließlich berechnete er, dass das Fahrgeld, das ihm die Tochter geschickt hatte, gerade ausreichen werde, um den schmucken Nikolaus zu kaufen, und es wollte ihm schade dünken, das Geld der Bahn zu lassen. Zeitlebens war er gut zu Fuß gewesen. Es war noch früh am Vormittag, und wenn er wacker wanderte, konnte er sein Ziel bis zum Abend erreichen, ohne einen Pfennig für die Bahnfahrt auszugeben. In seinen wasserhellen Augen glomm ein Licht, als er zu diesem Schluss gekommen war. Er trat in das Geschäft, begehrte den Weihnachtsmann, nestelte seine Münzen aus dem Sacktuch, wo er sie eingebunden hatte, und bezahlte. Das Fräulein machte ihm ein sauberes Päcklein und band gar noch ein goldenes Schnürlein darum, so dass der alte

Dennenhofer glückstrahlend das Geschäft und die Stadt verließ.

Der Nebel war vergangen, ein Wind trieb am Himmel die Schneewolken nach dem Allgäu hin zusammen. Da der alte Wanderer den Wind im Rücken hatte, nahm er ihn gerne hin. Unterwegs kehrte er in einem Dorf zu kurzem Imbiss ein und gönnte sich ein wenig Wein zu einem kargen Mahl. Als er vom Wirtshaustisch aufstand, schimpfte er leise über die alten Knochen, die gern noch länger gerastet hätten. Er war nicht gewöhnt, sich nachzugeben, und so tat er es auch heute nicht, nahm seinen Stock und schritt weiter.

Eine Stunde mochte er unterwegs sein - er hatte eben eine kleine Höhe erstiegen -, da überfiel ihn die Müdigkeit mit solcher Macht, dass er sich nach einem Plätzchen umsah, wo er sich eine Weile niedersetzen konnte, um für die letzte, nur noch kurze Wegstrecke, Kraft zu gewinnen. Er gelangte zu einem Wald und fand am Rand, im Windschatten, eine Bank. Dort streckte er die steifen Glieder aus. Ganz in der Nähe, am Hang, lag ein Gehöft. Ein Licht blinkte auf, denn die Dämmerung sank herein. Die ersten Flocken fielen leise nieder. Der alte Mann fror nicht. Vielleicht war es der Wein, der ihn noch wärmte, vielleicht waren es die freudigen Gedanken. Sie eilten ihm voraus, sie waren längst in der warmen Stube bei der Tochter und ihrem Kind. Er sah sich das goldene Schnürlein öffnen und den Klosen aus der Papierhülle schälen, er sah die Augen leuchten, die sein Geschenk betrachteten. Aus dem Gehöft drang jetzt gedämpft die Stimme eines Kindes zu ihm herauf. Seine Sinne verwirrten sich, er glaubte, es sei die Stimme seines Enkels, die er da hörte.

Die Flocken fielen dichter, der Wald sang hinter ihm. Lauter Christbäume standen ihm zu Häupten, Christbäume, die bis in den Himmel reichten. Ihm war ganz wohl. War je das Leben so sanft und schön gewesen?

In dem Bauernhaus wurde der Christbaum angezündet. Der Alte sah es noch, legte die Hände zum Beten ineinander und schloss erschöpft die Augen. Nun war nur noch die

Kinderstimme da, die Kinderstimme und das Lied des Waldes ...

Man fand den alten Dennenhofer völlig eingeschneit am anderen Morgen. Seine erstarrten Finger hielten ein weißes Päckchen an die Brust gepresst, die Weihnachtsgabe für das Enkelkind. Sein Mund lächelte.

Marianne schenkt Licht

Die Augen der Kranken sind zum Fenster gewandt, vor dem seit dem Morgen der Wirbeltanz der Schneeflocken nicht nachlässt. In stummer Verzweiflung schaut sie dem weißen Treiben zu.

»Soll ich die Briefe vorlesen?« fragt die Krankenpflegerin.

»Wozu? Es ist doch alles sonnenlos geworden. Die Erde draußen bekommt ihr Leichentuch, und ich bekomme bald das meine.«

»Wer dir diese düsteren Gedanken nur ausreden könnt!«

»Ja, wer das könnte!«

Es klingelt. Die Pflegerin geht vor die Tür. Marianne, eine Freundin, will die Kranke besuchen. Sie hat eine winzige Zwergtanne samt dem Wurzelballen in einen großen Blumentopf gepflanzt und, als Christbäumchen geschmückt, mitgebracht.

»Wie geht es ihr?« fragt sie.

»Sie hat keinen Mut mehr. Keinen Glauben mehr an sich selbst. Das ist das Schlimmste«, sagt die Pflegerin.

»Darf ich sie sprechen?«

»Ja, aber nur kurz. Sie ist immer noch sehr schwach.«

Marianne tritt in die Krankenstube und geht auf das Bett zu, reicht der Freundin die Hand: »Nun wirst du aber froh sein, dass es wieder aufwärts geht.« Die Kranke schaut erstaunt. Auch die Pflegerin weiß nicht, was sie von diesen Begrüßungsworten halten soll.

»Ich wusste, dass du es durchreißen wirst«, fährt die Besucherin fort, »du, mit deiner Natur!« Sie stellt das Christbäumchen auf den niederen Tisch neben dem Bett.

»Ich denk mir, das Bäumlein will dir was erzählen, ich glaube, es hat dir heute viel zu sagen: Wintersonnenwende! Die Sonne hat ihren tiefsten Stand erreicht. Nun wachsen die Tage wieder. Und mit ihnen deine Kraft. Das Licht wird siegen über das Dunkel, der Tag über die Nacht, das Gute über das Böse, das Gesunde über das Kranke. Davon soll dir mein kleiner Baum nun jeden Tag erzählen.« Sie zündet die Kerzen an. Sie sind nicht viel größer als einst die auf der Marzipantorte an jenem Kindergeburtstag, bei dem sie sich vor vielen Jahren kennengelernt hatten:»Nun leuchtet, ihr Flämmchen, denn in dieser Stube hat das Leben den Tod besiegt.«

Zuerst war es Marianne, als wolle die Kranke etwas sagen, vielleicht etwas einwenden. Aber dann griff sie nur still nach Mariannes Hand und hielt sie lange fest. Die Christbaumlichter leuchten in die Dämmerung.

»Als ich hörte, du seiest gerettet, machte ich mich gleich auf zu dir.«

Gerettet? denkt die Pflegerin. Wer weiß denn, ob sie gerettet ist! Kein Mensch würde wagen, so etwas zu behaupten. Diese junge Freundin! Vielleicht bringt die das sogar noch fertig, in ihrer zuversichtlichen, zwingenden Art!

Das Gesicht der Kranken wirkt schon etwas heller. Das kommt wohl vom Kerzenschein, denkt die Pflegerin. Doch um den Mund der Kranken liegt ein leises Lächeln.

»Sollen wir dir was singen?« fragt Marianne.

»O ja« bittet die Kranke.

Und der Pflegerin bleibt nichts anderes übrig, als die zweite Stimme zu übernehmen bei dem Weihnachtslied, das Marianne anstimmt.

Nach dem Lied verabschiedet sich die Besucherin:»Nun musst du aber ausruhen. Wie schön, zu denken, dass es in der Natur draußen und mit dir hier drinnen wieder aufwärts geht. Dürfen die Kerzen noch ein bisschen brennen?«

Die Kranke nickt und legt ihre magere Hand wieder in die Hand der Freundin.

»Nun lies mir doch die Briefe«, sagt sie, nachdem Marianne gegangen ist, zur Pflegerin und hört ihr aufmerksam zu:»Wir müssen den lieben Schreibern morgen antworten«, sagt die Kranke. »Sie werden sich freuen, wenn sie hören, dass es mir besser geht.«

Am Abend kommt der Arzt. Er ist zufrieden. Draußen sagt er zur Pflegerin. »Mir will scheinen, sie schafft es doch noch.«

Die Augen der Kranken leuchten vom Licht, das Marianne ihr geschenkt hat.

Heiliger Abend

Aus dem kalten Himmel sinken
weiße Flocken, weich und sacht.
Bleiche, große Lichter winken
in die stille Heilige Nacht.

Düstre Schatten huschen schnell
durch der Straßen weite Flucht.
Hohe Fenster locken hell.
Mancher irrt, der Heimat sucht.

Wem im warmen kleinen Zimmer
kleiner Baum und Liebe lacht,
wer bei trautem Kerzenschimmer
selig und versonnen wacht,

soll aus lieblichem Erschauern
manchmal auf die Straße sehn,
wo die ganz Verlassnen trauern
und die Heimatlosen gehn.

Uns ist ein Kind geboren ...

Ich wäre an jenem Weihnachtsabend gerne schneller gefahren, erzählte mir Laura, aber wer weiß, ob ich sie dann überhaupt beachtet hätte. Und was wäre dann aus ihr und dem Kind geworden?

Die Bodennebel, die das Licht der Scheinwerfer kaum zu durchdringen vermochte, zogen in Schwaden über die Straße. Die Bäume standen dick bereift. Es war, als fahre man in eine Märchenwelt hinein. Ich hatte mich erst am späten Vormittag entschlossen, noch in die zwei Autostunden entfernte Großstadt zu fahren. Denn das Geschenk für meinen Mann, das ich in einem Geschäft unseres Städtchens bestellt hatte, war nicht rechtzeitig eingetroffen. In der Großstadt hatten die Geschäfte noch bis 16 Uhr geöffnet. Und als es zu dunkeln begann, hatte ich erleichtert die Heimfahrt angetreten mit einem festlich verpackten Geschenk. Das

Weihnacht, 1920

letzte Dorf vor unserem Städtchen lag schon hinter mir, da nahm ich am Straßenrand eine Fußgängerin wahr, die mir entgegenkam. Ich blende ab: Was ist nur mit der Frau, die geht ja gar nicht, die steht gekrümmt, und presst die Hände gegen den hohen Leib. Zuhause wartete man doch auf mich. Und meine Familie hatte am Heiligen Abend ein Recht auf mich. So beschwichtigte ich mich. Aber das Bild der Frau, die da verlassen im Nebel stand, verfolgte mich, ich wusste, wie es ihr zumute sein musste, jetzt, wo ihre schwere Stunde nahte. Bei der nächsten Kreuzung kehrte ich um. Die Frau – eine Bäuerin so etwa Ende zwanzig – war, seit ich an ihr vorbeigefahren war, keine zehn Schritte vorangekommen. Ich parkte am Straßenrand, stieg aus: »Kann ich Ihnen helfen«, frage ich. »Ich hab gewusst, dass Maria und Josef mir Hilfe schicken. Wollen Sie mich wirklich mitnehmen ins nächste Dorf? Von da hab ich dann nicht mehr weit bis zu unserem Hof.« Als sie im Wagen saß, breitete ich eine warme Decke über ihre Knie. Sie habe erst bis in acht Tagen mit dem Kind gerechnet, der Mann habe mit dem Zug zu einer Beerdigung fahren müssen. Er komme erst spät in der Nacht zurück. Deshalb sei halt sie ins Städtchen gegangen, um Weihnachtssachen zu kaufen. Man sei vor lauter Arbeit früher nicht dazugekommen. Dann sprach sie wieder von Maria und Josef. Die seien ja auch in solcher Not auf der Straße gestanden. Und deshalb hätten sie ihr Gebet erhört und mich des Wegs geschickt.

Der Motor summte wieder. Wir durchfuhren das Dorf. Sie wollte aussteigen, aber ich sagte, ich würde sie gerne vollends nach Hause fahren. Vor einem kleinen, einsam am Waldrand gelegenen Gehöft hielten wir. Drei Kinder liefen aus der Tür, da sie den Wagen gehört hatten. Die Wehen der Frau mussten sich verstärkt haben. Ihre Augen verrieten ihre Qual. Sie hieß die Kinder, in die Wohnstube zu gehen. Ob sie denn das Christkind noch nicht gesehen habe, fragten sie.

Wie ich bald erkannte, hatte die Bäuerin niemand, der ihr beistehen konnte. Der Knecht und die Magd waren am Weihnachtsabend heim gegangen, ins Elternhaus. Der größere Bub müsse nun eben zur Hebamme in das Dorf hinter dem Wald laufen, meinte die Frau. Aber der war erst etwa acht Jahre alt. Sollte ich das Kind in die Nacht hinausschicken? Ich führte die Frau in die Schlafkammer und half ihr ein wenig beim Auskleiden und atmete auf, als sie endlich im Bett lag. Ob sie allein bleiben könne, bis ich mit dem Wagen die Hebamme geholt habe?

Ob ich denn das auch noch für sie tun wolle, fragte sie unter Tränen. Freilich könne sie so lange allein sein. So fuhr ich denn in das Dorf hinter dem Wald. Nach wenigen Minuten war ich mit der weisen Frau unterwegs. Doch als wir in die Schlafstube traten, war das Kind schon geboren. »Uns ist ein Kind geboren ...«, sangen drunten in der Wohnstube die Geschwister und wussten noch gar nicht, dass sie ein Brüderlein bekommen hatten. Die Hebamme hob das kleine krebsrote Kerlchen an den Beinen empor, schlug es auf den Rücken und endlich schrie es. Und ich erzählte den Kindern drunten von ihrem kleinen Brüderlein, zündete die Kerzen am Christbaum an, legte für die Kinder die Geschenke darunter, die ihre Mutter unter Schmerzen aus dem Städtchen heimgetragen hatte, und als die Kinder ihre Geschenke ausgepackt hatten und zu spielen begannen, löschte ich die Kerzen am Baum und verließ den Hof.

Im Stall schlug ein Pferd, der Hund heulte auf; aus der Wohnstube kam verworrener Kindergesang und aus der Schlafstube drang das Schreien des Neugeborenen in die Heilige Nacht heraus. Als ich in meinem Wagen saß, schaute ich noch einmal zurück. Inmitten weißbereifter Bäume lagen Haus und Stall, dahinter erhob sich dunkel und geheimnisvoll der Wald, über dem die Sterne glitzerten.

Natürlich war daheim alles in großer Aufregung. Wie ich nur so lange ausbleiben und sie in solche Angst jagen könne! Am Weihnachtsabend! Da begann ich zu erzählen und alle hörten andächtig zu, als erzähle ich eine Weihnachtslegende.

Das Christbaumglöckchen

Im Weihnachtszimmer hing der Duft eines versengten Tannenzweigs. Ein paar Kerzen schwelten noch. Eltern und Geschwister waren hinausgegangen. Das kleine Mädchen war allein. Es horchte nach der Türe hin. Dann griff es nach der Zündholzschachtel, strich ein Hölzchen an, und die eben erloschenen Kerzen flackerten wieder auf. Mit leuchtenden Augen stand staunend das Kind.

Als es seine Blicke am Baum hinaufwandern ließ, entdeckten sie am obersten Zweig die kleine silbrige Glocke, von der die Mutter gesagt hatte, das Christkind habe am Heiligen Abend mit ihr geläutet, und ein Engel habe sie dann hoch in den Baum gehängt.

Dem kleinen Mädchen lag noch das feine Glockenklingen im Ohr, das aus dem Weihnachtszimmer gekommen war, bevor die Tür sich auftat vor dem festlichen Glanz. Nun wollte es den zauberzarten Klang noch einmal hören, schob zum Baum einen Stuhl und stieg hinauf. Wenn es sich auf die Zehen hob, reichte es mit den Fingerspitzen bis zu dem Zweig, an dem das Glöckchen hing. Erschreckt entdeckte es, dass diesem der Klöppel fehlte. Wie aber konnte das Christkind mit einer Glocke läuten, die keinen Klöppel hatte? Vielleicht brachte das Christkind so etwas fertig, da ihm ja alles möglich war. Es konnte aber auch sein, dass die Mutter gelogen und Nachbars Frieder recht hatte und das Christkind überhaupt nicht dagewesen war. Denn der Frieder behauptete, es gebe gar keinen Nikolaus und auch kein Christkind. Dies alles würden die Großen zusammendichten, weil es ihnen Spaß mache, die Kinder zu beschwindeln.

Eine innere Stimme mahnte das kleine Mädchen, von seinem Stuhl herunterzusteigen. Aber seine Hände folgten der Neugierde, die das Glöckchen näher besehen und ausprobieren wollten, und zogen kräftig an dem Zweig, an dem es hing, um es herabzuholen.

Bevor das Kind begriff, was geschah, neigte sich ihm die flimmernde Lichterpyramide zu. Es wagte nicht zu schreien, sondern versuchte, mit beiden Händen in die Zweige fassend, das Umfallen des brennenden Baumes zu verhindern. Der Stuhl mit dem Kind kippte und der Baum sank klirrend neben ihm nieder. Zwar kam die Mutter gerade noch rechtzeitig in die Stube, um es aufzuheben, bevor die kleinen Flammen von den Zweigen nach seinen Kleidern fassten. Doch vergaß es seiner Lebtag lang nimmer, wie durch seinen Zweifel die ganze Weihnachtsherrlichkeit zusammengestürzt war.

Winterabend

Draußen das weiße Wehen,
am Laden rüttelt der Wind.
Beim warmen Ofen stehen
die Schuhe von meinem Kind.

Die großen Flocken fliegen,
ich sinne weit hinaus.
Noch darf ich im Arm dich wiegen,
noch hab ich dich zu Haus.

Ich seh die Füßchen schreiten
fort in die arge Welt.
Wenn du mir wirst entgleiten,
wer ist's dann, der dich hält?

Mutter Reichlins Eigensinn

Tochter Margret war ein bildhübsches Kind, ein schönes Mädchen und eine liebenswürdige junge Frau. Mutter Reichlin hatte schon bei den inzwischen verstorbenen Eltern der Frau Armand geputzt.

Dass sie eines Tages in der Ehe Schwierigkeiten haben würde, war nicht vorauszusehen. Wer kennt sich in den Herzen der Männer aus? Herr Armand hatte sich eines Tages davongemacht. So hieß das in Mutter Reichlins Redeweise. Über die Gründe wusste niemand Näheres. Ihr genügte zu wissen, dass Frau Armand allein mit ihren Kindern aus der fernen Stadt in ihr Elternhaus zurückgekehrt war: Drei Kinder – und das Liebesband zerrissen! Wer begreift das? Mutter Reichlin hatte nie Kinder gehabt, keine bekommen nach Gottes Willen. Ihr Mann, ein Eisenbahner, war nach wenigen glücklichen Ehejahren ein paar Tage vor Weihnachten zwischen die Puffer von zwei Güterwagen geraten. Das war lange her. Sie jammerte nicht mehr, tat weiter ihre Arbeit von Haus zu Haus, kam über viele Treppen, sah hinter viele Türen.

Eines Tages nannte sie jemand Mutter Reichlin, bald machten das andere nach. Mutter Reichlin feierte den Weihnachtsabend jedes Jahr so, wie sie ihn einst mit ihrem Mann gefeiert hatte. Auf dem runden Tischchen stand wieder eine kleine Fichte mit altmodischem und neumodischem Schmuck behangen, den sie in vielen Arbeitsjahren geschenkt bekommen hatte. Jedes Stück eine liebe Erinnerung. Unter dem geschmückten Baum stand das Foto ihres Mannes, daneben ein Krippenjesulein und drumherum lagen Geschenke ihrer Herrschaften, wie Mutter Reichlin noch immer die Familien nannte, deren Wohnungen sie in Ordnung hielt.

Noch hatte sie die Kerzen nicht angezündet, da kam es sie an, zu dem großen Haus hinüberzuschauen, in das Frau Armand nach ihrer Rückkehr eingezogen war. Mutter Reichlin knipste ihr Stubenlicht aus, damit sie besser nach draußen sehen konnte.

Es war ziemlich still in der Wohnstraße, fast schon weihnachtlich. Nur noch vereinzelt huschten die Lichter eines Autos über die dünn überschneiten Vorgärten und an den Hausfassaden hin. Mutter Reichlin sah, dass das Stockwerk, in das Frau Armand eingezogen war, ganz im Dunkel lag, während im Stockwerk darüber aus den Ritzen der Fensterläden Licht schimmerte und im Parterre die Vorhänge nicht zugezogen waren und den Blick auf einen festlich gedeckten Tisch freigaben. Dort wohnte eine Holländerin und die hatte nun mal die Gewohnheit, jedermann in ihre Zimmer schauen zu lassen. In Mutter Reichlin stieg Zorn auf. Da saß diese Margret ohne Licht in der Stube. Das hatte man schon in den vergangenen Wochen merken können, dass sie sich einwühlte in ihren Kummer. Sie hatte mit ihr, der Reichlin, die sie ja schon seit Kindertagen kannte, kein vertrautes Wort mehr gesprochen, hatte sie,

Felizitas unterm Christbaum, 1919

wenn sie ihr den Lohn ausbezahlte, wie eine Fremde behandelt, so, als wolle sie ihr bedeuten, mein Schicksal geht dich nichts mehr an.

»Hast recht. Dein Schicksal geht mich nichts an«, begann Mutter Reichlin zu sich selbst zu reden. »Aber die Kinder! Was ist mit den Kindern? Drei Kinder schenkt dir der Herrgott, und du steckst sie am Heiligen Abend ins Bett? Kein Bäumchen, keine Krippe, kein Lied? Die müssen in die Kissen heulen, wenn sie vom oberen Stock Weihnachtsjubel hören. Weil du einem nachtrauerst, der das nicht wert ist. Das duldet Mutter Reichlin nicht.«

Damit sie zum Reinemachen auch kommen konnte, wenn Frau Armand beruflich außer Haus war, hatte sie einen Wohnungsschlüssel. Sie nahm den Weihnachtsschmuck wieder von ihrem Bäumchen und packte ihn mit guten und hübschen Sachen, die sie geschenkt bekommen hatte, in eine große Tasche, nahm das Bäumchen unter den Arm und ging auf die Straße hinunter, hörte Kirchenglocken läuten, ging ins Nachbarhaus, stieg die Treppe hinauf und öffnete leise die Wohnungstür.

»Erschrecken Sie nicht, Frau Armand«, rief sie. »Ich bin's, die Reichlin.« Frau Armand erschien in der offenen Wohnzimmertür. Als sie beim Anblick des Bäumchens die Absicht der Reichlin erkannte, hob sie abwehrend beide Hände und rief unwirsch: »Hinaus! Bei mir ist nicht Weihnachten.« Doch Mutter Reichlin drängte an ihr vorbei ins Zimmer, und so streng wie vor vielen Jahren, als Margret noch ein Kind war und mit schmutzigen Schuhen von draußen gekommen und ins frisch Gebohnerte hineingetappt war - ausgerechnet an Heiligabend, sagte sie jetzt: »Margret, hol die Kinder, zieh sie schön an. Einstweilen richt ich das Weihnachtszimmer.«

»Das ist ja ... Das ist ja ... !« schrie Frau Armand. Zuletzt freilich sagte sie es nur noch kopfschüttelnd halblaut vor sich hin: »Das ist ja ...« während Mutter Reichlin seelenruhig alles, was sie mitgebracht hatte, aus ihrer großen Tasche holte, das Bäumlein schmückte und ihre Gaben darunter legte. Die beiden größeren Kinder standen staunend davor und ihre Augen leuchteten im Widerschein der Kerzen, als Frau Armand mit ihrem Jüngsten auf dem Arm aus dem Kinderzimmer kam und das Kind in Mutter Reichlins Arme gab, die gerade zu singen begann »Stille Nacht, Heilige Nacht ...« und die Kinder stimmten ein. Frau Armand stand am Fenster, legte ihre Stirn an die kalte Scheibe und starrte ins Dunkel hinaus. Doch dann wandte sie sich ihren Kindern zu, wischte sich die Tränen vom Gesicht und stimmte in die zweite Strophe mit ein: Stille Nacht, Heilige Nacht.

Dezemberabend

Weiße Stille, Flocken sinken,
Schleier um die Türme wehn,
helle Fenster, Kinder spähn:
Sieht man etwas Goldnes blinken?

Sieht man etwas Goldnes scheinen,
oder ist die Nacht zu groß?
Quillt aus ihrem dunklen Schoß
Angst nur, Angst und Mütterweinen?

Unsichtbare Hände weben
an dem Tuch, das Gram und Nacht
sanft bedeckt. Ein Stern erwacht,
Kinder sehen Engel schweben.

Das gerettete Christkind

All die Jahre hatte sie die Erinnerung an jenen Abend beiseite geschoben, vielleicht weil es ihr einfach zuwider war, Gedanken an Vergangenes zu verlieren. Möglich, dass sie sich auf diese Weise vor der Erkenntnis schützte, das Jetzt könne dem Vergleich mit dem Damals nicht standhalten, das Glück des Familienlebens sei dahin, und die Beziehung zu den inzwischen erwachsenen Kindern habe mehr mit Geschäften als mit gegenseitigem Verständnis zu tun. Nie gestand sie sich ein, dass sie etwas vermisste, dass sie vor allem an Weihnachten etwas vermisste, das sie seit dem Tod ihres Mannes zusammen mit den Kindern gefeiert hatte: Diese wagten nie, ihre Einladung in das neue Haus, das sie sich verbissen erspart und erschuftet hatte, abzulehnen. Sie gab sich Mühe, in ihren aufwendigen Geschenken Beweise der Liebe zu sehen und setzte ihre Ehre darein, das Empfangene mit ihren Gaben zu übertrumpfen. Gegenseitig versicherten sie sich dann ihrer Überraschung, ihrer Rührung, ihrer Freude, ihres Dankes, aber niemals gelang es ihnen, jene Weihnachtsseligkeit herzuzaubern, die sie in der bedrückenden Zeit des Krieges vor einem ärmlichen Geschenktisch am Heiligen Abend empfunden hatten. Jetzt vermieden sie – wie nach Übereinkunft – zu singen oder gar zu beten, wenn am Baum die Lichter brannten. Und keiner rührte auch nur mit einem Wort an den Verlust des wächsernen Jesuskindes, das einst an jedem Weihnachtsabend das Entzücken aller gewesen war.

Frau Krämer hatte ihre Vorbereitungen beendet, wartete. Auf der Straße war es stiller geworden, vom Turm herüber klang der Choral eines Bläserquintetts. Sie öffnete das Fenster ein wenig und sah, dass es zu schneien begann. Da stand plötzlich jener Abend mächtig auf vor ihr: Statt der Flocken drunten auf der Buchshecke des Vorgartens, sah sie, wie damals dicke Schneeflocken auf den noch glostenden Mauerresten ihres Hauses zischend vergingen. Nur eine der beiden Truhen, die vor dem niedergebrannten Haus standen, konnte der Fahrer des Lastwagens noch aufladen. »Ist eh schon viel zu viel«, schimpfte er. »Los! Los! Oder soll ich mich wegen einer Kiste mehr oder weniger erwischen lassen? Höchste Zeit, dass wir rauskommen aus der Stadt vor dem nächsten Fliegeralarm.« Frau Krämer entschied sich für eine weitere Kiste mit allerlei Hausrat.

Da stand auch noch Josefine, die Gute, nicht einmal ein Kopftuch hatte sie sich umgebunden und der Schnee fiel auf ihr graues, krauses Haar, machte es noch vollends weiß. Sie lächelte wehmütig, aber in ihren Augen war kein Vorwurf. Und die Schachteln auf dem kleinen Handwagen, mit dem die Dienstmagd ihre Habe fortzuführen gedachte, trugen bereits weiße Hauben. Frau Krämer gab ihr die Hand und kletterte im Trainingsanzug zum Lastwagenfahrer ins Führerhaus: Jeder musste, nachdem die Bomben sie alle auf die Straße getrieben hatten, zusehen, wo er eine Bleibe fand. Man durfte sich da nicht aneinander hängen. Im Bayerischen hatte Josefine eine Schwester, dort werde sie schon vorläufig einen Unterschlupf finden.

Eigentlich hätte man ihr einmal schreiben oder nachfragen müssen, ob sie überhaupt angekommen war mit dem Leiterwagen und ihren Habseligkeiten. Am selben Abend war die Stadt noch einmal bombardiert worden, hoffentlich hatte Josefine nicht mehr zu lange verweilt. Recht besehen konnte sie ja zufrieden sein mit dem ganzen Lohn für den kaum angebrochenen Monat in der Tasche und dem Handwagen, den man ihr geschenkt hatte. Man hatte sich also nichts vorzuwerfen, höchstens dies, dass man die treue Gehilfin so rasch und so gründlich vergessen hatte. Aber war das verwunderlich, wo man selbst so viel zu denken, zu rackern, zu planen gehabt hatte, bis man wieder aus dem Gröbsten war?

Die Frau am Fenster strich sich über die Augen: von was für Gedanken wurde sie da jäh geplagt! Nur weil dort unten im Lichtkegel der Straßenlaterne eine gebeugte, schmächtige Alte aufgetaucht war, die einen Leiterwagen mit einer riesigen Kiste zog!

Jetzt bogen in die Straße rasch hintereinander drei Autos ein. Im Scheinwerferlicht verwandelten sich die Schneeflocken in tanzenden Silberflitter. Gottlob, die Kinder!

Frau Krämer ging ins Nebenzimmer, überprüfte rasch noch ihr Äußeres im Spiegel: Ja, ihre Erscheinung war festlich, nicht nur das große Weihnachtszimmer! Sie knipste die elektrischen Kerzen am Christbaum an und setzte sich in den Sessel daneben. Gleich würden sie hereinstürmen, sie in die Arme schließen. Das war alle Jahre ein ersehnter und aufregender Augenblick für sie. Er war so sorgfältig arrangiert, dass man ihn hätte auf der Bühne oder auf der Filmleinwand zeigen können. Aber wo blieben sie denn? Was hielt sie auf? Sie überlegte, ob sie ihnen entgegengehen sollte, fand es aber stilvoller, im Sessel zu verharren. Nach einer Weile vernahm sie Stimmen vom Flur her, eine fremde Stimme war dabei. Nun erhob sie sich doch und öffnete die Tür. Die beiden Söhne schleppten eine große Holztruhe herein und stellten sie vor ihr nieder. Sie kannte sie wohl: Ein halbes Dutzend solcher schweren Kisten mit Schlössern und festen Tragegriffen an beiden Seiten hatte sie anfertigen lassen, als die Luftangriffe auf die Städte begannen, um Wichtiges darin im Keller zu verwahren. Und wahrhaftig, hinter der Truhe erschien Josefine, jetzt wirklich weißhaarig, mit schwarzem Kopftuch und in abgetragenen Kleidern.

»Das Jesulein, Mama!« verkündete die Tochter, die ein kleines Mädchen an der Hand führte, und einen Jungen von einem Jahr auf dem Arm trug.

»Was sagst du? Die Josefine bringt unser Christkind«, freuten sich auch die Söhne und vergaßen darüber, der Mutter programmgemäß um den Hals zu fallen. Vielmehr drängten sie sich zu Josefine und zu der Kiste, und der Älteste brach schließlich das Schloss auf, zu dem niemand mehr einen Schlüssel hatte. Zusammen mit seinem Bruder hob er einen gläsernen Schrein unversehrt aus der verfilzten, hart gewordenen Holzwolle. Darin lag das lebensgroße Jesuskind, vor dem nicht nur sie selbst, sondern auch der gefallene Vater, dessen Vater und Großvater, der Urgroßvater und Ururgroßvater als Kinder gebetet hatten: ein Kind, aus Wachs geformt, mit lieblichem Gesicht und einem Lächeln, ohne das man sich in der Familie Krämer seit undenklicher Zeit kein Weihnachtsfest hatte vorstellen können. Der Leib des Wachskindes war eng in Brokat eingeschnürt; auf Goldborten saßen Filigranrosen, eine neben der andern; jede trug in der Mitte einen großen farbigen Stein, und hinter dem zur Seite geneigten Köpfchen funkelte eine Strahlengloriole. Ein gläserner Schrein mit geschwungenen Goldleisten und geschnitzten Blumen- und Muschelornamenten umschloss das Kissen aus purpurnem Samt, auf dem das Kind lag. Kleine Engel umschwebten es. Warum dieser Jesusschrein so prächtig ausstaffiert war, erklärte sich aus dem Schriftstück, das unter dem Kopfkissen des Kindes verwahrt

Weihnachten, 1922

wurde. In dem Brief des»Apostolischen Kommissars der Morgenländischen Gegenden« aus dem Jahre 1769 war in altertümlicher Schreibweise zu lesen: »Wir geben kund und glaubwürdiges Zeugnis, dass gegenwärtiges und aus Wachs gestaltetes Bildnis das göttliche Kind Jesu vorstellet in seiner herrlichsten Höhle zu Bethlehem, in welcher der von Ewigkeit eingeborene Sohn des göttlichen Vaters in der Zeit aus der jungfräulichen Mutter geboren, in Windeln eingefätscht, in der Krippe zu liegen sich gewürdigt hat und mit geheiligten Zeremonien geweihet und zu öffentlicher Verehrung in dessen Krippen ausgesetzt worden seye.«

So war also das Wachskind der Familie Krämer vor zweihundert Jahren in der Krippe zu Bethlehem gelegen, eine ganze Heilige Nacht lang.

Sie trugen es in einer kleinen Prozession in die Stube und brachten einige Unordnung in das Geschenkarrangement ihrer Mutter, bis sie den schönsten Platz für es gefunden hatten. Und Josefine musste erzählen, wie sie ihre Habseligkeiten an jenem letzten Abend in der großen Stadt mit Hilfe eines freundlichen Passanten abgeladen und dafür die Christkindtruhe aufgeladen hatte, weil es ihr einfach unmöglich gewesen sei, sie in Fliegergefahr zurückzulassen. Das Kindlein habe sie zu sehr»derbarmt«, und sie habe gedacht, andere Dinge, die kannst du vielleicht wieder einmal kaufen in einer besseren Zeit, aber so etwas Kostbares wie das Jesulein, da müsste man wohl weit gehen, um so eines wieder zu bekommen, und wenn es einem anvertraut ist, so muss man es bewahren.

Die jungen Leute und ihre Kinder umringten Josefine, und sie musste weiter erzählen, wie sie geforscht und gesucht habe, die Herrschaft ausfindig zu machen, da ihr ja Frau Krämer nach jener Bombennacht keine Adresse hinterlassen habe. Bei der Schwester im Bayerischen sei sie gut untergekommen, habe in der Verwandtschaft und Nachbarschaft ausgeholfen, und es habe ihr an nichts gefehlt. Abends sei sie meistens in ihrer Stube gesessen und habe an einer Decke mit dem

Namen »Jesus« gestickt, um sie über die Truhe zu breiten, eine Spitze habe sie auch gehäkelt, um die Decke noch schöner zu machen. Dabei habe sie Zeit gehabt, auszurechnen, dass unter den vielen Milliarden Menschen auf der Welt nicht einmal zweitausend ein solches Kindlein besitzen konnten, das in einer Heiligen Nacht in der wirklichen Krippe zu Bethlehem lag, und welche Auserwählung es also sei, zu diesen wenigen zu gehören. An viele Einwohnermeldeämter habe sie geschrieben, in Orten, die sie während ihrer Dienstzeit die Herrschaft habe nennen hören, aber immer vergebens, bis nun ein Zufall geholfen habe: ein Fahrer der Firma, in der einer der Krämer-Söhne in der Nachbarstadt arbeite, sei in Josefines Dorf gekommen; er habe sie auch heute samt ihrem Leiterwagen aufgeladen und in der Nähe abgesetzt.

In ihrem Sessel unter dem elektrisch beleuchteten Christbaum saß alleingelassen Frau Krämer. Ihr war, als werde ihre damalige Wahl, das Nützliche dem Verehrungswürdigen vorzuziehen, von allen verurteilt, obwohl niemand etwas sagte. Plötzlich wurde ihr bewusst, wie wenig Zeit ihr für solche Dinge geblieben war über all ihrem Sorgen um Notwendiges und Überflüssiges. Nach einiger Zeit trat sie zu der Gruppe um Josefine. Der älteste Sohn legte ihr den Arm um die Schulter:»Unser Jesuskind ist wieder daheim, Mutter.«

»Vielleicht ist es heimgekehrt, um uns daran zu erinnern, was das Wichtigste an Weihnachten ist, die Geburt des göttlichen Kindes in Bethlehem.«

Ein bisschen verwundert und auch ein bisschen betreten standen sie allesamt schon da, nach diesen Worten von Frau Krämer. Dann aber stimmte ihre Tochter eines der alten Weihnachtslieder an, wie früher.

Weihnachtlicher Brief

Wie vieles Große möchten wir vollenden,
wie wenig wird am Ende uns gewährt!
Und möchten unsre Herzen sich verschwenden,
so stehen wir doch oft mit leeren Händen:
ach, karg nur bist du heut von mir beschert.

Doch lege ich zu den geringen Dingen
die Wünsche auch, sie sind unsagbar groß,
und viele Lieder, die von Liebe singen,
Gedanken, leuchtende, die alles bringen,
was schön auf Erden ist und makellos.

Und alle Bilder trage ich so gerne
zu dir, die meine Augen einsam sehn:
die klare Nacht, das Funkellicht der Sterne,
den stillen Wald, die helle Winterferne
und das geheimnisvolle Flockenwehn.

Ich weiß es: wenn am Baum die Kerzen brennen
am Heiligen Abend, wirst du bei mir sein.
Ganz leise will ich deinen Namen nennen,
und es wird sein wie tieferes Erkennen
und Nahesein im feierlichen Schein.

Und hebst zu frommem Liede du die Geige,
ich höre dich - und trennt uns auch der Raum.
Mir wird es sein, als ob sich lächelnd neige
dein Antlitz neben dem Gewirr der Zweige.
Von Klängen funkeln wird mein Weihnachts-
baum.

Krippe im Schnee

Es hatte die ganze Nacht geschneit. Jetzt war der Himmel klar und blau. Als die Dorfbewohner vom Weihnachtsgottesdienst heimkehrten, entdeckten sie vor dem Matthesen-Hof Figuren im Schnee, die zuvor noch nicht dagewesen waren. Sie staunten und rätselten, denn im Dorf verstand sich keiner auf eine solche Kunst. Die Figuren konnten nur von dem jungen Fremden stammen, der am Christabend noch spät im größten Hof des Dorfes um Obdach gebeten hatte. Er sei zu Verwandten unterwegs, die er in einem der nächsten Dörfer vermute und komme aus der viele Wegstunden entfernten Stadt. Den Feuerschein hatten auch die Leute im Dorf am vierten Advent am Nachthimmel gesehen, als die Stadt nach dem Bombenangriff lichterloh brannte.

Der junge Städter war offensichtlich nicht besonders vertraut mit den Gepflogenheiten auf dem Land, sonst hätte er gewusst, dass die Bäuerin eines kleinen Hofes meist ein milderes Herz hat als die eines großen und wäre, wenngleich schon todmüde, lieber noch ein paar Häuser weitergegangen und hätte unter niedrigerem Dach an die Türe geklopft. Denn dort, wo er es wiederholt tat und wo er endlich ein mürrisches»Herein« vernahm, das im Gebell des Hundes beinahe unterging, empfing man ihn, wiewohl sie da drinnen in der hellen großen Stube das Fest der Liebe feierten, nicht viel anders als es einst Maria und Josef in Bethlehem widerfahren sein mag. Die Bäuerin, die gerade auf dem riesigen Gabentisch die seidenen, mit Schafwolle gefüllten Steppdecken wohlgefällig betastete, die ihr die Töchter geschenkt hatten, fragte, ohne den Fremden eines Blickes zur würdigen, in herrischem Ton nach seinem Begehren. Er berichtete scheu und kurz, dass er beim letzten Fliegerangriff auf die Stadt seine Mutter verloren habe und auch das Dach über dem Kopf und dass er nun zu Fuß zu seiner Mutter Schwester unterwegs sei, da auf dieser Strecke jetzt keine Eisenbahn fahre, wie sie wohl wüssten, da auch die Gleise durch Bomben beschädigt seien.

»Kann schon sein«, sagte die Bäuerin, während sie sich endlich umwandte und ihn vom Kopf bis zu den Füßen mit kalten Blicken maß, »kann schon sein, dass sie in der Stadt drinnen Unglück gehabt haben. Sie sind dort ja auch verderbt genug. Und jetzt kommen sie in die Dörfer und tun so, als sei unser Nest für sie gerade gut genug. Wohl ein Dutzend solcher Städter ist schon dagewesen. Wo kämen wir denn hin, wenn wir allen helfen möchten. Da könnten wir am Ende selber betteln gehen. Wir haben kein übrig Bett, sucht anderswo, ob ihr unterkommt.« Dem Erschöpften mochte davor grauen, sich weiter durch den Schneesturm zu kämpfen, um an andere Türen zu klopfen. So wandte er schüchtern ein, es müsse ja kein Bett sein, aber vielleicht erlaube ihm die Bäuerin, irgendwo in der Wärme auf dem Boden zu schlafen. Doch auch davon wollte diese nichts wissen. Bisher hatte niemand zu sprechen gewagt, weder der Bauer, noch die Töchter oder gar jemand aus dem Gesinde. Dem Fremden war klar, wer im Haus das Regiment führte. Doch da fasste sich Sephe, die Altmagd, ein Herz. Ihr Rücken war krumm von harter Arbeit, ihr Kopf, der mit einer wunderlich altmodischen Haube bedeckt war, zitterte ständig, doch ihre Stimme klang unerschrocken: »Er soll meine Kammer haben, und ich will am Ofen sitzen. Denn das ist bei Christenmenschen nicht der Brauch, dass man einen, den kaum noch die Füße tragen, am Christabend von der Türe weist.« Und auf einmal traten der Bauer, die Töchter und das Gesinde zu der Altmagd im Ofenwinkel, und die Bäuerin stand allein am Gabentisch, wo sich die Geschenke türmten. Sie atmete schwer, ihre Zornader schwoll, aber sie spürte wohl, dass gegen die anderen nichts auszurichten war. »Es ist noch ein Strohsack da«, sagte eine der Töchter, »man könnte ihn in den Ofenwinkel legen und eine Decke wird sich auch noch finden.«

»Tut, was ihr wollt«, schalt die Bäuerin und ging mit hochrotem Kopf aus der Stube und vertrotzte den Heiligen Abend in der Küche.

Ausgeruht und gestärkt verabschiedete sich der Fremde am Weihnachtsmorgen, als die Familie sich anschickte, ins Hochamt zu gehen, und verließ das Haus. Als es menschenleer und ganz still war im Dorf, weil alle in der Kirche waren, griffen seine Hände in den weichen Neuschnee und er begann aus der bildsamen Masse mit flinken Fingern Figuren zu modellieren: Maria und das Jesuskind. Er arbeitete mit großem Eifer und so rasch es nur ging. Bald war auch der Josef fertig, und der Esel, der zu seinen Füßen lag. Neben diesem blieb allerdings ein noch ziemlich unförmiger Schneehaufen zurück, aus dem nur der Kopf eines Ochsen ragte, offensichtlich hatte die Zeit nimmer gereicht, ihn fertig zu formen, bevor die Leute aus der Kirche kamen.

Doch dort, wo bei anderen Krippen meist der Hirte steht, da war bei der eigentümlichen Schneekrippe ein altes Weiblein zu sehen mit krummem Rücken und altmodischer Haube, wie Sephe eine trug. Als die Kirchgänger das Kunstwerk sahen, konnten sie sich nicht genugtun mit Staunen und Deuten. Und sie begriffen wohl, dass der, von dem die Krippe stammte, nur die Sephe für würdig befunden hatte, beim Christkind zu knien, und niemanden sonst im Dorf. Heimlich fragte einer den anderen, ob er etwas wisse vom Verbleib dessen, der die Krippe im Schnee geschaffen hatte. Während viele noch ehrfürchtig bei ihr verweilten, die Figuren lange betrachteten, war der junge Bildhauer schon ein gutes Stück Weges weiter gezogen.

Die Großbäuerin, die sich vor den Blicken der Ihren schämte, sagte spitz, er hätte ja nur zu sagen brauchen, wer er ist und was er kann, dann hätte man ihn über die Feiertage dabehalten. Niemand könne ja einem Dahergelaufenen ansehen, was in ihm stecke. Dann ging sie mit beleidigter Miene ins Haus.

Als auch alle anderen sich allmählich verlaufen hatten, blieb die alte Magd noch bei dem Heiligen Kinde und der sich sanft ihm zuneigenden Gottesmutter und schaute immer wieder zu ihrem eigenen Abbild hinüber. Nach langem, andächtigem Schweigen vor der Krippe im Schnee, begann Sephe Unverständliches vor sich hinzumurmeln. Vielleicht ein Gebet.

Neujahr

Das Feuerwerk verblich,
die Glocken fern verhallen.
Der Himmel öffnet sich
und weiße Schleier wallen.

Es sank zu tiefer Ruh
ein Tag, ein Jahr mit Lärmen.
Der Schnee deckt alles zu
mit leisen Flockenschwärmen.

Sie hüllen alles ein,
was grau und ungerade.
Am Morgen liegen rein
und unberührt die Pfade.

Wär auch der ganzen Welt
ein Anfang doch beschieden
so sanft und mild durchhellt
von unentweihtem Frieden.

Winters am Fenster

Schneie, Himmel, tief herab,
weißer Wirbel hüllt uns ein!
Was es Ungerades gab,
soll nun tief versunken sein.

Endlich still ist nun die Welt.
Kaum die Meise wispert zag.
Mit den dichten Flocken fällt
Dämmrung nieder früh am Tag.

Schwarzer Vogel hält die Wacht
vor dem Haus im kahlen Baum,
schwingt sich in die weiße Nacht
lautlos, als ihr dunkler Traum.

Tickt der Wurm im alten Spind?
Holz im Ofen ist verglüht.
Welcher Duft! Am Fenster sind
Hyazinthen aufgeblüht.

Dreikönig im Inntal, 1958

Biografie

20.5.1900
23.9.1987

Maria Müller-Gögler (1900-1987)

Am 28.05.1900 geboren in Leutkirch im Allgäu als älteste von drei Töchtern des Finanzbeamten Adolf Gögler und seiner Ehefrau Melanie, geb. Bärnwick.

1905	übersiedelt die Familie nach Weingarten.
1906	Tod der Mutter.
1914	Maria kommt ins Internat des klösterlichen Erziehungsinstituts in Ravensburg, wird dort bis zum Lehrerinnenexamen ausgebildet. Sie schreibt heimlich Gedichte und Dramen, obwohl ihr das wiederholt verboten wird.
1919	Dorfschullehrerin in Steinhausen, anschließend in Munderkingen, wo sie sich aufs Universitätsstudium vorbereitet.
1924 bis 1929	Immatrikulation an der Universität München. Studium der Germanistik, Pädagogik und Philosophie, Promotion zum Dr. phil. 1927 an der Universität Tübingen. Neben der Doktorarbeit über die pädagogischen Ansichten der Dichterin Maria von Ebner-Eschenbach entsteht der Erstlingsroman „Die Magd Juditha“ über den Münsterbau in Weingarten. Staatsexamen 1929 in Tübingen.
1930	Heirat mit Studienassessor Paul Müller aus Schwäbisch Gmünd. Beide sind dort im Lehrberuf tätig.
1931	Geburt des Sohnes Paul.
1932	Geburt der Tochter Gisela.
1931 bis 1938	Stationen der Beamtenfamilie: Laupheim bis 1934, Crailsheim bis 1938, Umzug nach Ulm.
1935	Der historische Roman „Die Magd Juditha“ erscheint im Seeverlag Friedrichshafen.

1942 Der Staufer-Roman „Beatrix von Schwaben“ erscheint im Staufen-Verlag Köln. Der Bleisatz des dritten historischen Romans „Die Truchsessin“ wird dort durch Bomben vernichtet.

1944 bis 1947 Beim Luftangriff am 17. Dezember 1944 wird die Ulmer Wohnung zerstört. Paul Müller ist bei Brest vermisst. Zuflucht in Weingarten bei den Eltern Gögler, dort sind weitere ausgebombte Verwandte, und Maria Müller-Gögler findet mit beiden Kindern in der kinderreichen Familie ihrer Pensionatsfreundin Maya Wild in Ravensburg eine Bleibe. Nach Paul Müllers Heimkehr aus der Kriegsgefangenschaft in einem Offiziers-Camp in Texas erhält die Familie eine Wohnung in Weingarten.

1947 Veröffentlichung von drei Büchern: „Die Flucht der Lessandra Fedéle“ mit historischen Erzählungen,. „Karl Erb, Das Leben eines Sängers“, die Biografie des berühmten Ravensburger Tenors. Im Aegis Verlag Ulm, in dem Siegfried Unseld während seines Germanistikstudiums an der Universität Tübingen eine Ausbildung zum Verlagskaufmann absolviert, erscheint als „sein erstes Buch“ ein von ihm herausgegebener und gestalteter Gedichtband von Maria Müller-Gögler. Ihr Gedicht „Die Geige“ wird für die Anthologie „Geliebte Verse“ von Hermann Hesse nominiert, über den Siegfried Unseld, der bedeutendste deutsche Verleger nach 1945, damals promoviert hat.

1950 erscheint der Band „Ritt in den Tag“ mit Geschichten aus Oberschwaben und einem Titelbild des Weingartener Malers Martin Arnold.

1954 Veröffentlicht der Aegis Verlag Ulm den zweiten Lyrikband „Gedichte, Neue Folge“, Maria Müller-Gögler widmet ihn Hermann Hesse, den sie 1953 in Montagnola nach längerem Briefwechsel besucht hat. Zu dem „Sonettenkranz: Die Orgel“ in diesem Gedichtband wurde sie inspiriert durch die weltberühmte Barock-Orgel von Joseph Gabler in Weingarten, die ihr besonders vertraut war durch deren jahrzehntelangem Organisten, Kirchenmusikdirektor Franz Bärnwick, ihrem Onkel. Sie erhält den Novellenpreis des Verlags C. Bertelsmann, Veröffentlichung der preisgekrönten Novelle „Der Schlüssel“ als Einzelbändchen.

1955 Der Katzmann Verlag in Tübingen veröffentlicht ihren ersten, zwischen 1945 und 1947 geschriebenen, Gegenwartsroman „Der heimliche Friede".

1956 kehrt Maria Müller-Gögler in den Schuldienst zurück. Ihre damaligen Erfahrungen an einer Weingartener Grundschule sind eingeflossen in einen – vor allem in Lehrerkreisen – zunächst als Skandal empfundenen gesellschaftskritischen Roman.

1958 bis 1966 Geburt der Enkelinnen und Enkel: Beate und Verena Linder, Stefan und Michael Müller.

1960 Dritter Lyrikband „Lieder und Gesänge".

1963 erscheint das im Schulmilieu spielende – als „Schlüsselroman" missverstandene – Buch „Täubchen, ihr Täubchen" im Stahlberg Verlag, Karlsruhe. Die Anfeindungen gipfeln in nächtlichem anonymem Telefonterror. Die Stadt Ravensburg verfügt eine Ausleihsperre für das von der Stadtbücherei erworbene Exemplar dieses Romans, der in dem „Giftschrank" der Bibliothek eingeschlossen wird. Dies veranlasst die beiden Schriftstellerkollegen, Josef W. Janker und Martin Walser, beim Ravensburger Oberbürgermeister vorzusprechen, um einem Boykott dieses Buches von Maria Müller-Gögler entgegenzuwirken. Der Ravensburger Kreis, die 1949 gegründete Literarische Gesellschaft mit überregionalem Ansehen, zu deren Gründungsmitgliedern Maria Müller-Gögler gehört, kann im Herbst 1964 durch einen dem Roman „Täubchen, ihr Täubchen" gewidmeten Lese- und Diskussionsabend zum Abbau von Vorurteilen beitragen, so dass sich allmählich die Wogen glätten.

1965 entsteht als Auftragsarbeit der Roman um die stigmatisierte Nonne Betha von Reute „Wer gibt mir Flügel".

1969 liegt - nach dem Abdruck in der „Schwäbischen Zeitung" als Fortsetzungsroman - „Die Truchsessin" in Buchform vor.

1970 Das von Dr. Walter Münch ins Leben gerufene Literarische Forum Oberschwaben ehrt sein Gründungsmitglied Maria Müller-Gögler durch die Veröffentlichung neuerer Erzählungen unter dem Titel „Die Frau am Zaun". Nach dem ebenfalls lange vergriffenen Roman „Die Magd Juditha" erlebt auch die „Beatrix von Schwaben" eine Neuauflage.

1972	Plötzlicher Embolietod des Ehemanns nach einer Operation.
1970 bis 1977	In rascher Folge veröffentlicht der Hess Verlag Ulm die Erinnerungsbände: „Bevor die Stürme kamen“ (1970), „Hinter blinden Fenstern“ (1974), „Das arme Fräulein“ (1977).
1977 bis 1979	Arbeit an dem Roman „Der Pavillon“, mit dem das abgeklärte und ironische Alterswerk beginnt.
1978	erhält Maria Müller-Gögler den Kulturpreis der Städte Ravensburg und Weingarten als – bis heute – einzige Frau. Die Laudatio von Dr. Dr. h.c. Martin Walser mit dem Titel „Eine anspruchsvolle Frau oder Menschwerdung oberschwäbisch“ erscheint als Sonderdruck.
1980	veröffentlicht der Jan Thorbecke-Verlag Sigmaringen auf Betreiben von Martin Walser und gefördert von der Stiftung Literaturarchiv Oberschwaben eine „Werkausgabe in neun Bänden“ mit einem „Stimmen der Freunde“ enthaltenden Beiheft, Redaktion Gisela Linder und Winfried Wild. Damit findet das in viele zwar angesehene, aber oft kurzlebige, belletristische Verlage oder engagierte, aber jeweils mit dem Tod des Verlegers aus der Literaturszene verschwindende Kleinverlage verstreute, umfangreiche Lebenswerk endlich eine Verlagsheimat. Als Erstveröffentlichung wird der Roman „Der Pavillon“ in die Werkausgabe aufgenommen, ebenso wie das trotz der drei Lyrikbände sowie Anthologiebeteiligungen großenteils noch unveröffentlichte lyrische Werk. Auf die Verdienstmedaille des Landes Baden-Württemberg (1975) folgt das Bundesverdienstkreuz (1980).
1983 bis 1987	Veröffentlichung der drei Romane: „Athalie“ (1983), „Hanna und das Höhere“ (1984), „Sieben Schwerter“ (1987). Schauplatz bleibt meist der süddeutsche, vor allem der oberschwäbische Raum, mit dessen Landschaft, Kultur und Geschichte Maria Müller-Gögler zeitlebens tief verwurzelt bleibt. Das zeigt nicht nur ihr erzählerisches und lyrisches Lebenswerk, sondern auch ihre stete Bereitschaft bei heimatgeschichtlichen regionalen Publikationen mitzuwirken, u.a. bei den Heimatbüchern der Städte Weingarten und Leutkirch. Dafür stehen nach dem Zweiten Weltkrieg auch erfolgreiche Theaterinszenierungen: so das von

Schülern der Ravensburger Volksschulen und Gymnasien uraufgeführte Märchenspiel „Der klingende Berg" – eine Auftragsarbeit der Stadt Ravensburg – zum 50-jährigen Bestehen des Konzerthauses und das in Weingarten uraufgeführte Drama „Ums Göttlich Recht", das während des oberschwäbischen Bauernkriegs spielt und in dessen Mittelpunkt der „Weingartener Vertrag" von 1525 steht.

1986 Verleihung des Ehrentitels Professor durch das Land Baden-Württemberg.

1987 Am 23. September stirbt Maria Müller-Gögler, wenige Wochen nach dem Erscheinen ihres letzten Romans.

1990 Aus Anlaß des 90. Geburtstags veröffentlicht der Jan Thorbecke Verlag das Maria-Müller-Gögler-Lesebuch „Gegen die Zeit zu singen", herausgegeben von Gisela Linder und Winfried Wild.

1994 folgt anlässlich des Jubiläums „900 Jahre Heilig-Blut-Verehrung in Weingarten 1094 – 1994" eine Sonderausgabe der Blutfreitags-Erzählung „Ritt in den Tag" mit einem Titelbild des Malers Bruno Epple, herausgegeben von Gisela Linder.

1999 erinnert das Buch „Weihnachtszeit damals in Oberschwaben" mit kleinen, volkstümlichen, vor 1960 entstandenen Geschichten aus dem Nachlass, sowie mit Gedichten aller Schaffensperioden und einer Erzählung aus der Werkausgabe an die Heimatverbundenheit dieser Schriftstellerin. Ebenso erinnern die großformatigen Ölbilder der oberschwäbischen Malerin Maria Caspar-Filser, deren Wahlheimat Bayern wurde, an ihre Liebe zur Landschaft und Weihnachtstradition Süddeutschlands.

Die Stadt Weingarten hat eine Straße nach Maria Müller-Gögler benannt.

Biografie

Maria Capar-Filser
(1878-1968)

Am 7.08.1878 geboren in Riedlingen an der Donau. Jugendzeit in Riedlingen, Bad Buchau, Ulm, Heidenheim und Balingen.

1896 bis 1904	Studium an den Akademien in Stuttgart und München bei Friedrich von Keller, Gustav Igler und Ludwig von Herterich. Dort trifft sie Karl Caspar, den sie aus Kindertagen in Heidenheim kennt.
1905	Verlobung mit Karl Caspar. Reise nach Paris.
1907	Heirat mit Karl Caspar in Balingen.
1907 bis 1909	Zeitweiliger Aufenthalt in München, Balingen und Gottlieben/Schweiz.
1909	Mitglied des Deutschen Künstlerbundes. Wohnsitz wird München.
1911	Italienreise. Gründungsmitglied der Münchner Künstlergruppe „Sema". Mitglied der Vereinigung bildender Künstlerinnen Österreichs. Teilnahme an der Internationalen Ausstellung in Wien und London. Kollektivausstellung in Thannhausers Moderner Galerie, München.
1912	Teilnahme an der Internationalen Sonderbundausstellung in Köln.
1913	Gründungsmitglied der Münchener Neuen Secession.
1913/14	Aufenthalt in der Villa Romana in Florenz.
1916	Lovis Corinth holt sie in die Berliner Secession.
1917	Geburt des einzigen Kindes, der späteren Malerin Felizitas Köster-Caspar.
1919	Mitglied der Salzburger Künstlervereinigung „Der Wassermann".

1921 bis 1923	Malaufenthalte im Inntal und am Bodensee.
1922	MCF und Karl Caspar arbeiten gemeinsam im Atelier der Akademie in München.
1923	Teilnahme an der Internationalen Kunstausstellung in Rom.
1924	Italienaufenthalt.
1924 bis 1928	Teilnahme an der Biennale in Venedig.
1925	Maria Caspar-Filser wird als erster deutscher Malerin der Titel Professor verliehen.
1927	Im Vorstand des Deutschen Künstlerbundes.
1936	Die Gemälde von Maria Caspar-Filser werden aus der Ausstellung in der Neuen Pinakothek als „entartet“ entfernt.
1937	Maria Caspar-Filser wird in der schändlichen Schau „Entartete Kunst“ von den Nationalsozialisten angeprangert. Aus Museen und öffentlichen Sammlungen werden ihre Gemälde und Graphiken entfernt oder vernichtet; die Familie zieht sich ins Inntal zurück.
1946	Gründungsmitglied der Neuen Gruppe.
1947	Kunstpreis der Stadt München.
1948	Teilnahme an der Biennale Venedig.
1949	Malaufenthalt in der Schweiz.
1950	Gründungsmitglied des neu konstituierten Deutschen Künstlerbundes in Berlin.
1951	Mitglied der Bayerischen Akademie der Schönen Künste.
1952	Oberschwäbischer Kunstpreis zusammen mit Karl Caspar.
1956	Tod von Karl Caspar.
1958	Ehrenmitglied der Bayerischen Akademie der Bildenden Künste.
1959	Erhält sie als erste Malerin das Große Bundesverdienstkreuz.
1961	Medaille der Stadt Paris, anlässlich der Ausstellung im Musée d' Art Moderne.
1962	Kulturpreis der Stadt Rosenheim.
1963	Burda-Preis.
1968	Am 12. Februar stirbt Maria Caspar-Filser in ihrem Haus in Brannenburg.